PREMIÈRES LECTURES, PAR SYLLABES SIMPLES,

SUR LES

PRINCIPES SIMPLIFIÉS

de

L'ORTHOGRAPHE USUELLE,

Par Tʜ. L. HESLOT, Instituteur.

LAVAL,

Imprimerie de J. Feillé-Grandpré, rue Renaise, 44.

—

1858.

L'épellation phonique apprend le plus rapidement possible à bien écrire la partie orale des mots.

Les principes simplifiés de l'orthographe enseignent quelles lettres muettes il faut ajouter à la fin des mots , pour bien écrire les terminaisons qui n'ont pas de valeur orale.

SUR LES

PRINCIPES SIMPLIFIÉS

de

L'ORTHOGRAPHE USUELLE,

Par Th. L. HESLOT, Instituteur.

LAVAL,

Imprimerie de J. Feillé-Grandpré, rue Renaise, 44.

—

1858.

e sonne *è* devant une consonne qui forme une syllabe élémentaire. (*)
e sonne *é* ou *è* devant une consonne double et devant *x*.
e sonne *é* devant les consonnes finales muettes *d*, *t*, *z*...

é) poulet tré pied assez fouet rouet jouet

p mul) dompte septième baptême exempte

si) ration caution faction sanction fonction
exemption (patient) Égyptien attention dévotion
onction captieux balbutier initiale prophétie
inertie factieux nuptiale partiel

c) écho chaos chorus choléra chœur patriarchal
orchestre archange Eucharistie

cu) équitation quintuple — liqueur

co) aquatique équateur quadruple

gu, *go*) aiguille aiguiser — linguale

g) second seconder drachme

g n) agnus stagnant igné inexpugnable

c s) excès excité exception maxime extrême

g z) exemple exerce examen exil Xavier

ss) Auxerre Auxonne Bruxelles — soixante

z) sixain dixaine dixième sixième deuxième

(*) Quelquefois *e* reste muet dans *de*, *re*, *se*... devant *fl*, *bl*, *pl*... *fr*, *pr*, *tr*...

é) chanter manier marcher chercher douter

berger vacher acier noyer conseiller

a) prudemment solennel indemnité hennir moelle

o m) rhum pensum album maximum muséum

e n) amen abdomen gluten hymen Eden

penne renne vienne chienne sienne Cayenne

païenne chrétienne ancienne Mayenne

in) mentor examen agenda spencer pensum

i) Mayenne Bayeux Blaye Bayonne

i i) rayon soyez tuyau moyeu loyal noyau

citoyen paysan paysage pays payé abbaye

eu) accueil recueil cercueil orgueil œil

é) soleil réveil méteil conseil sommeil

è) oreille merveille vermeille pareille corbeille

abeille oseille groseille bouteille

poëte naïf Noël Moïse Sinaï Saül Caïn

On décompose *a n*, *o n*, *u n*, *in* devant un son. (V. pages 5 et 11.) Et toute autre consonne qui n'est pas muette s'articule sur le son fictif, muet, ou nourri, qui la suit.

Il y a quelques exceptions rares que le Maître fera connaître quand elles se présenteront.

Le Nom est un mot qui sert à nommer...

Prénoms : **Marie Joseph Jean Pierre Théodore**

Parents : **père mère fils fille frère sœur oncle**

Facultés : **pensée mémoire réflexion intelligence jugement imagination sentiment discernement génie liberté volonté conscience**

Impressions : **joie douleur admiration indignation**

Qualités : **probité bienfaisance courage modestie**

Sens : **oreilles yeux nez bouche mains**

Doigts : **pouce indicateur majeur annulaire petit**

Fêtes : **Noël Ascension Assomption Toussaint**

Saisons : **printemps été automne hiver**

Mois : **Janvier février mars avril mai juin juillet août septembre octobre novembre décembre**

Grands corps : **soleil étoiles — comète — terre lune**

Directions : **nord midi levant couchant.**

Villes : **Paris Laval Mayenne Château-Gontier**

Rivières : **Mayenne Loire Seine Rhône Garonne**

Poids et mesures : **mètre are stère litre kilogramme**

Monnaies : **franc décime centime — pistole**

Couleurs : **rouge jaune vert bleu rose orange**

Vêtements : chemise pantalon gilet paletot casquette

Meubles : lit chaise table armoire miroir buffet

Vases : cruche carafe bouteille seau barrique

Vaisselle : plat assiette écuelle soupière saladier

Ustensiles : marmite poêle casserole cuiller

Instruments : charrue herse houe serpe aiguille

truelle marteau ciseau navette compas hache

Armes : fusil pistolet sabre épée lance

Métaux : or argent platine cuivre fer plomb zinc

Métiers : maçon menuisier tisserand couvreur

Arbres : poirier pommier cerisier pêcher noyer

chêne frène hêtre pin érable bouleau

Arbrisseaux : rosier myrte thym buis ajonc

Fruits : prune abricot noix châtaigne raisin

Fleurs : rose violette iris œillet jasmin

Grains : froment (blé) seigle orge avoine

Légumes : pois chou ognon carotte oseille

Quadrupèdes : bœuf cheval âne mouton porc chien

loup renard belette furet loutre ours lièvre

lapin écureuil lézard hérisson souris mulot

Reptiles : couleuvre serpent vipère aspic boa

Poissons : brochet truite perche carpe goujon
barbeau tanche anguille alose

Volailles : canard oie poule dinde pigeon

Oiseaux : rossignol fauvette linot pinson serin
chardonneret alouette hirondelle moineau pie
geai merle corbeau sansonnet hibou émouchet
épervier vautour aigle

Insectes : Abeille mouche papillon ver-à-soie

Genres : { *masculin* / *féminin* }   Nombres : { *singulier* / *pluriel* }

Le *nom propre* commence par une *grande lettre.*

Le plus grand nombre des *noms communs* se terminent par *s* au pluriel.

m.	*s.*	*f.*	*s.*		*pl.*
un	livre	une	page	des	jardins
le	tableau	la	carte	les	maisons
mon	crayon	ma	règle	mes	champs
ton	papier	ta	feuille	tes	prairies
son	cahier	sa	plume	ses	vallons
ce	banc	cette	table	ces	landes

On termine par *x* au pluriel. — Sept noms en *ou* :

bijou joujou caillou pou hibou chou genou)

Tous les noms en *eu* :

vœu aveu feu pieu moyeu jeu neveu lieu

cheveu essieu enjeu adieu...

Tous les noms en *eau* :

chapeau couteau cadeau cerceau berceau anneau

bandeau rideau manteau cordeau tonneau...

Les 13 noms en *au* :

hoyau boyau noyau joyau tuyau étau sarrau

gluau gruau...)

Les noms qui changent *al* en *aux* :

hopitaux métaux totaux rivaux canaux journaux

chevaux signaux tribunaux généraux caporaux...

Six noms qui changent *ail* en *aux* :

coraux émaux soupiraux travaux...) — bestiaux

ciel œil aïeul font souvent cieux yeux aïeux

Ne changent pas au pluriel

nez rez gaz riz—voix croix prix noix perdrix

bras fils héros fois mois buis corps...

L'Adjectif est un mot que l'on ajoute au Nom...

Les adjectifs terminés au masculin par un *e* muet s'écrivent de même au féminin.

rose jaune rouge fauve maigre faible

pauvre riche noble brave sage apte

sobre probe jeune souple simple rare

ample large mince aigre rude pire

moindre quelque autre

Au *masculin* des autres adjectifs on ajoute un *e* muet pour avoir le *féminin*.

tissé écru choisi vrai bleu roui

donné échu poli gai feu fui réjoui

fin vain nain sain plein un brun

laid rond blond grand froid lourd sourd

saint maint peint teint craint joint

riant tout haut lent prompt droit

vert court fort mort — strict

mat plat dit fait frit cuit brut

niais mis pris bis gris clos préfix

clair noir pur dur sûr vil seul

majeur mineur meilleur supérieur inférieur

Changent er en ère... et en ete :

berger boucher fermier rentier conseiller

replet complet concret secret discret inquiet

Doublent la consonne finale avant l'e muet :

cet net muet fluet — sot chat linot

bas las gras gros — bon chien lion

tel quel actuel pareil partiel nul gentil

vieil fol mol bel nouvel

venant de

vieux fou mou beau nouveau

Changent la finale en che, que, gue :

blanc franc sec frais public turc long

Changent f en ve.

vif bref veuf neuf juif naïf actif

Changent x en se :

pieux gueux creux heureux fâcheux honteux

faux roux doux *font* fausse rousse douce

Changent eur en euse, eresse, rice :

menteur trompeur voleur recéleur

vendeur demandeur défendeur

testateur directeur protecteur inspecteur

Les adjectifs forment leur pluriel comme les noms, c'est-à-dire se terminent par s ou x au pluriel.

Exercices : Mettez au pluriel les noms, adjectifs et part. pass. de la page...

L'adjectif, le participe passif et le pronom s'accordent en genre et en nombre
avec le nom auquel ils se rapportent.

m. s.	un père aimé, chéri, ému, soigneu*x*, actif.
m. pl.	des pères aimé*s*, chéri*s*, ému*s*, soigneu*x*, acti*fs*.
f. s.	une mère aimé*e*, chéri*e*, ému*e*, soigneu*se*, acti*ve*.
f. pl.	des mères aimé*es*, chéri*es*, ému*es*, soigneu*ses*, acti*ves*.

VERBE.

Le *Verbe* est un mot qui affirme que l'on *est* ou que l'on *fait* quelque chose.

Après les *V.* auxiliaires *avoir*, ou *être*, on met le participe passé *é, i, u...*

Après un autre *V.*, après les prép. *à, de, pour...* on met l'infinitif *er, ir, oir, re.*

Après la prép. *en* exprimée ou sous-entendue, on met le part. présent *ant.*

Pronoms personnels.   Terminaisons personnelles des verbes.

Singulier.

(moi) je	e	s	(eux aux)	ai
(toi) tu	es	s		as
(lui) il	e (t)	t (d)		a
elle, on, cela				

Le nom (sujet) veut le verbe à la troisième personne.

Pluriel.

nous	ons	mes
vous	ez	tes
(eux) ils	ent = ont	
elles		

Terminaisons fréquentes : ais ais ait ions iez aient

Qui fait l'action de......? *R*...... sujet du *V*...

(moi) je

chantai, plaçai, plongeai, chargeai, glaçai,

lèverai, saluerai, scierai, louerai, balayerai,

noierai, essuierai, fuirai, croirai, lirai.

que je nouasse, jouisse, plusse, vinsse.

(moi) je   *(lui) il*, elle, on, cela

pense, crée, sue, lie, paye, joue, ploie,

ennuie cueille, brille, brouille, veille.

que je   *qu'il*, qu'elle

sente, grée, tue, rie, fraye, cloue, croie,

fuie faille, offre, bouille.

(moi) je   *(toi) tu*

mets, vêts, bats, clos, lis, ris, dis, vis, fris,

vais, fais, pais, nais, sais, plais, hais, vaux,

meus, *veux*, *peux*, bous, couds, bois, dois,

vois, sois, crois, fuis, luis, cuis, suis, jouis,

perds, sers, pars, mords, dors, tords, sors,

meurs, cours, mens, vends, rends, sens, fends,

tends, prends, fonds, romps, peins, teins, viens,

tiens, joins, plains, crains, convaincs.

fis, tins, crus, fuis, vins, tus,

veillais, traçais, songeais, marchais,

tomberais, graduerais, déblayerais, romprais,

louerais cotoierais, boirais, sourirais, devrais.

(toi) tu

causas, lanças, jugeas, chassas, défias,

porteras, tueras, trieras, rayeras, broieras,

bafoueras, croiras, prendras, nuiras,

que tu parles, agrées, rues, plies, remblayes,

noues, ploies, désennuies, fuies, croies,

que tu vouasses, fisses, dusses, tinsses.

(lui) il, elle, on, cela

mena, berça, rangea, perça, logea, rogna,

soupera, muera, créera, balayera, cédera,

engouera, nettoiera, conduira, pourvoira,

promet, permet, remet, commet, soumet,

démet, admet, revêt, combat, débat, éclot,

exclut, conclut, remplit, prédit, médit, dédit,

défait, refait, renaît, repaît, hait, brait,

déplait, complait, faut, prévaut, résout,

découd, recoud, décroît, redoit, prévoit, revoit,

s'enfuit, poursuit, reluit, recuit, réjouit, dessert,

repart, endort, remord, parcourt, répand, dément,

revend, consent, comprend, reprend, apprend,

refond, confond, corrompt, dépeint, repeint,

déteint, reteint, détient, retient, contient, s'abstient,

devient, revient, convient, advient, déjoint,

rejoint, adjoint, plaint, craint, contraint, *convainc*,

brillait, perçait, mangeait, poussait,

garderait, huerait, fierait, planchéierait, clouerait,

tutoierait, corroierait, décrirait, réduirait, chérirait,

reprit, revint, redut, redit, retint, relut,

qu'il pesât, dît, fût, vînt.

Les V. en *er* conservent *e* devant *r* au futur et au conditionnel.

N. B. Les V. en *indre* et en *soudre* perdent *d* du radical au prés. de l'ind. — Et
après *d* du radical des autres V. en *dre* on supprime *t* à la 3ᵉ pers. du sing.

Les V. qui font à l'infinitif *aître* ou *oître* ne conservent l'accent que devant *t*.

nous

aimâmes, finîmes, reçûmes, tînmes — sommes,

avons, gageons, riions, garderons, tendrons,

ramperions, romprions, employions, fissions.

vous

etes, faites, dites,

changeâtes, rougîtes, perçûtes, vîntes,

daignez, agréez, croyiez, sonderez, tondrez,

supplieriez, rempliriez, niiez, crussiez.

(eux) ils, elles   (ent muet.)

ont, sont, vont, font.

fonderont, fondront, lieront, liront.

charment, muent, nient, payent, clouent,

voient, fuient, sauvent, courent, boivent,

chassaient, materaient, battraient, joueraient,

confieraient, confiraient, salueraient, excluraient.

marchèrent, firent, furent, tinrent.

qu'ils louassent, rouissent, tinssent, crussent.

Exercices : Faire écrire les mots invariables, adverbes, prépositions, conjonctions, interjections.

OBSERVATION IMPORTANTE.

Pour bien orthographier il faut avant tout chercher à reconnaître les parties vocales des mots—puis consulter les dérivés et l'usage.— Enfin voir s'il y a lieu de mettre des terminaisons de genre, de nombre, de personnes.

Signes de ponctuation :   ,   :   ?   !   ;   .

Verbes auxiliaires.

avoir		être		Participes passés.
	avoir		être	aimé
	ayant		étant	fini
	eu		été	reçu
j'	ai	je	suis	pensé
tu	as	tu	es	senti
il	a	il	est	rendu
nous	avons	nous	sommes	parlé
vous	avez	vous	êtes	uni
ils	ont	ils	sont	vendu
j'	avais	j'	étais	réglé
j'	eus	je	fus	puni
j'	aurai	je	serai	couru
j'	aurais	je	serais	mis
que j'	aie	que je	sois	dit
que tu	aies	que tu	sois	clos
qu' il	ait	qu' il	soit	mort
que nous	ayons	que nous	soyons	absous
que vous	ayez	que vous	soyez	ouvert
qu' ils	aient	qu' ils	soient	fait
que j'	eusse	que je	fusse	joint
				craint
				peint

Précédé du V. *avoir* le participe passé s'accorde avec son complément direct quand il en est précédé. — Dans les autres cas il se met au *m. s.*

Précédé du V. *être* le participe passé s'accorde avec le nom ou pronom sujet du V. *être*.

Participes passés. Précédé d'un *V.* auxiliaire, le participe passé s'accorde avec le nom auquel il se rapporte. Lorsqu'il n'est pas précédé d'un *V.* auxiliaire, le participe passé s'accorde avec le nom auquel il se rapporte.

TABLE DE MULTIPLICATION DES *N* SIMPLES.

1	2	3	4	5	6	7	8	9
2	4	6	8	10	12	14	16	18
3	6	9	12	15	18	21	24	27
4	8	12	16	20	24	28	32	36
5	10	15	20	25	30	35	40	45
6	12	18	24	30	36	42	48	54
7	14	21	28	35	42	49	56	63
8	16	24	32	40	48	56	64	72
9	18	27	36	45	54	63	72	81

EXERCICES.

2	fois	2	font	4
2	.	3	=	6
2	.	4	=	8

Ainsi de suite.

5	fois	2	font	10
5	.	3	=	15
5	.	4	=	20
5	.	5	=	25
5	.	6	=	30

Ainsi de suite.

(Les élèves suivent des doigts.)

m.		f.
1	coûte	4
2	coûtent	8
3	=	12
7	=	28
9	=	36

Ainsi de suite.

m.		f.
2	coûtent	6
1	coûte	3
8	coûtent	24

le 6e de 54 est 9

le 6e de 48 = 8

le 6e de 42 = 7

Ainsi de suite.

le 5e de 30 est 6

le 5e de 25 = 5

le 5e de 20 = 4

le 5e de 15 = 3

le 5e de 10 = 2

Ainsi de suite.

(Les élèves suivent des doigts.)

Les élèves doivent apprendre tous les jours une ligne de la table de multiplication.

Dans une table de multiplication disposée par égalités relatives tout rectangle de quatre nombres forme une proportion. Il y a 1 296 proportions dans la table de Pythagore.

chaises	f.		f.		f.		mois	f.
6 coûtent	15	100	rapportent	4		Le capital en 12	rapporte	4
18 valent	45	450	=	18		en 18	=	6

litr.	f.		f.		f.		m.	f.
9 =	18	100	produisent	4		en 12	=	6
7 =	14	250	=	10		en 8	=	4

douz.	f.		f.		f		m.	f.
6 =	8	100	gagnent	5		en 12	=	8
24 =	32	80	=	4		en 15	=	10

gross.	f.		f.		f.		m.	f.
2 =	3	100	perdent	5		en 12	=	5
6 =	9	160	=	8		en 20	=	5

f.	gr.		m.		f.		j.	f.
5 =	25	100	coûtent	6		en 360	=	4
20 =	100	150	valent	9		en 450	=	5

casq.	f.		kg.		f.		j.	f.
4 =	7	100	=	8		en 360	=	6
36 =	63	350	=	28		en 540	=	9

journ.	f.		fagots		f.		j.	f.
24 =	36	100	=	25		en 360	=	5
32 =	48	60	=	15		en 600	=	5

journ.	m.		f.		f.		j.	f.
24 =	32	100	se réduisent à	45		en 360	=	45
36 =	48	160	=	72		en 320	=	40

RAPPORTS APPROXIMATIFS.

boiss.	d. décal.		aunes	m.		lign.	m.m.
4 valent	5		5 valent	6		3 valent	7
36 =	45		35 =	42		12 =	28

O Marie, conçue sans péché,
Mère de Dieu et notre Mère,
Veillez sur la France !